COLLECTION

P. DEMIDOFF

TABLEAUX

MODERNES & ANCIENS

VENTE

Le Lundi 3 Février 1868

A DEUX HEURES ET DEMIE PRÉCISES

Mᵉ ESCRIBE	M. Francis PETIT
COMMISSAIRE-PRISEUR.	EXPERT.

RENOU ET MAULDE
IMPRIMEURS DE LA COMPAGNIE DES COMMISSAIRES-PRISEURS
Rue de Rivoli, 144

COLLECTION

P. DEMIDOFF

(Paul)

TABLEAUX

MODERNES & ANCIENS

DONT LA VENTE AURA LIEU

HOTEL DROUOT

SALLE N° 8

Le Lundi 3 Février 1868

A DEUX HEURES ET DEMIE PRÉCISES

Par le ministère de Mᵉ **ESCRIBE**, Commissaire-Priseur,
rue Saint-Honoré, 217,

Assisté de M. **Francis PETIT**, Expert, rue Saint-Georges, 7,

Chez lesquels se distribue le présent Catalogue.

EXPOSITION PARTICULIÈRE

Le Samedi 1ᵉʳ Février 1868

EXPOSITION PUBLIQUE

Le Dimanche 2 Février 1868

DE UNE HEURE A CINQ HEURES

PARIS — 1868

CONDITIONS DE LA VENTE

Elle sera faite au comptant.

Les Acquéreurs paieront CINQ POUR CENT en sus du prix d'adjudication.

TABLEAUX MODERNES

TABLEAUX MODERNES

DECAMPS

1 — **Bûcheronnes.**

11000
Hollender

Une vieille femme revient de faire du bois en forêt. Elle en porte une lourde charge sur son dos et cause avec un petit garçon qui, lui aussi, porte sa part du butin. Une autre bûcheronne les suit à quelque distance.

H. 51 c. L. 44 c.

DECAMPS

2 — **Marine; effet de soleil couchant.**

H. 23 c. L. 39 c

2260
Roederer

DELACROIX

(EUGÈNE)

5[illegible]00
Brame

3 — Le Soir d'une Bataille.

Un cuirassier à demi mort se soulève au milieu des cadavres de plusieurs chevaux.

On aperçoit au loin le champ de bataille abandonné et éclairé par les derniers rayons du soleil couchant.

H. 47 c. L. 55 c.

DELAROCHE

(PAUL)

8000
Mme Musard
maîtresse de
Guillaume III
de Hollande

4 — La dernière Prière de Marie-Stuart.

La reine est agenouillée devant un autel au milieu de sa prison. Elle prie avec ferveur; un rayon de lumière vient frapper et l'autel et la figure de la reine. Derrière elle sont deux suivantes, agenouillées aussi, et plongées dans la tristesse.

H. 18 c. L. 18 c.

DUPRÉ

(JULES)

5 — **Paysage au Chêne.**

Un vieux chêne aux branches tordues s'élève au bord d'une mare qui occupe le centre du tableau. A l'horizon sont des chaumières entourées d'arbres. Le ciel est orageux.

H. 65 c. L. 80 c.

4000 — Durand Ruel

KNAUS

6 — **Tête de Jeune Fille.**

H. 25 c. L. 20 c.

2000 Duchatel

MEISSONIER

7 — **Une Lecture chez Diderot.**

Composition de sept figures.

Diderot lit un de ses salons à plusieurs de ses amis parmi lesquels se trouvent Chardin, Joseph Vernet et Vanloo.

H. 21 c. L. 27 c.

35100 Bamberg pour Edmond de Rothschild

MEISSONIER

8 — **Promenade à Saint-Germain.**

Un carosse de voyage attelé de six chevaux suit une route qui conduit à la forêt de Saint-Germain. Il est précédé d'autres voitures et entouré de gentilshommes en riches costumes de l'époque de Louis XIII. L'un d'eux, le chef de l'escorte, cause galamment aux dames qu'il conduit. D'autres suivent le carosse et devisent entre eux.

H. 18 c. L. 25 c.

MEISSONIER & FRANÇAIS

9 — **Le Parc de Saint-Cloud.**

La vue est prise du grand bassin qu'entourent des arbres séculaires. L'allée qui le contourne est couverte de promeneurs en costumes de l'époque de Louis XVI. Les uns causent en groupes ou se promènent, d'autres sont assis à l'ombre autour des petites cascades.

H. 41 c. L. 27 c.

(Galerie Pourtalès, n° 284.)

Les figures ont été peintes par Meissonier, et le paysage par Français.

ROUSSEAU

(THÉODORE)

10 — **Le Château et la Vallée de Broglie.**

La vue est prise des hauteurs qui dominent la vallée. Les toits du château apparaissent en silhouette sur le ciel au milieu des grands arbres qui l'entourent. La vallée, toute boisée, est parsemée d'habitations aux toits d'ardoises éclairés par un pâle rayon de soleil. Tout respire la fraîcheur du matin.

H. 43 c. L. 61 c.

9700
L. Gauchez qui l'a vendu à Ferd. Bischoffsheim

Les quatre Tableaux qui suivent, exécutés par Corot et Fromentin, formaient la décoration d'un salon.

COROT

11 — **Orphée.**

Il revient seul et lève avec désespoir sa lyre vers les cieux. Le paysage est composé de grands arbres se détachant sur un ciel lumineux; on aperçoit dans le fond la silhouette d'un temple.

H. 2 m. L. 1 m. 38 c.

3900
Brame

COROT

12 — **Nymphe endormie.**

Des Amours couvrent d'un voile une nymphe qui s'est endormie.

Le paysage est largement composé ; la pâle lumière de la lune se reflète dans les eaux d'un lac près duquel est une colline dominée par un temple.

H. 2 m. L. 1 m. 38 c.

FROMENTIN

13 — **Diane au bain.**

La déesse se repose des fatigues de la chasse, au milieu de ses nymphes couchées ou assises auprès d'elle.

Le site, d'un aspect pittoresque, est composé de montagnes et d'arbres séculaires.

H. 2 m. L. 1 m. 38 c.

FROMENTIN

14 — Les Centaures.

Des centaures et des centauresses s'exercent à tirer à l'arc. 3200

Le paysage représente un site grandiose composé de rochers et de grands arbres. Paul Lagarde

H. 2 m. L. 1 m. 38 c.

Les cinq Tableaux qui suivent, exécutés par Chaplin, forment l'ensemble de la décoration d'un salon; mais ils pourront être divisés pour la vente.

CHAPLIN

15 — Vainqueurs. 2100

Une jeune fille se laisse entraîner par les Amours; les uns la tirent par ses vêtements ou la poussent en avant; les autres sonnent la victoire. Petit

H. 1 m. 85 c. L. 1 m. 20 c.

CHAPLIN

16 — **Vaincus.**

Une jeune fille a vaincu les Amours; les uns ont perdu leurs ailes et leurs carquois et sont éconduits par elle ou enchaînés, les autres s'enfuient dans les airs.

H. 1 m. 85 c. L. 1 m. 20 c.

CHAPLIN

17 — **Première Impression.**

Une jeune fille vient de quitter ses vêtements pour entrer au bain et contemple son image dans le miroir des eaux. Les Amours qui voltigent autour d'elle s'apprêtent à l'enlacer des branches qu'ils viennent de cueillir.

H. 1 m. 85 c. L. 1 m. 20 c.

CHAPLIN

18 — **Première Question.**

Une jeune fille effeuille une marguerite qu'elle consulte avec intérêt. Les Amours la surveillent et lui préparent des fleurs.

H. 1 m. 85 c. L. 1 m. 20 c.

CHAPLIN

19 — **Rêve d'amour.**

Une jeune fille dort mollement étendue sur des draperies; des Amours reposent près d'elle, d'autres soutiennent au-dessus de sa tête un grand velum qui la garantit des ardeurs du soleil. Une autre jeune fille qui vient de s'éveiller semble contempler les Amours avec intérêt.

H. 1 m. 82 c. L. 2 m. 15 c.

TABLEAUX ANCIENS

TABLEAUX ANCIENS

COELLO

(SANCHEZ)

20 — **Portrait d'un Jeune Gentilhomme.** 3100

Il est debout, tête nue, la main droite sur la hanche, la gauche sur la garde de son épée et tenant ses gants. Son pourpoint est en riche étoffe brodée de noir et d'argent sur fond orange. Les chaussures à crevées en soie de même couleur. Physionomie sérieuse et expressive.

Comte Edmond de Pourtalès

Galerie de Carderera et galerie Salamanca (nº 184).

H. 1 m. 50 c. L. 68 c.

DESHAYS

(J.-B.)

21 — **L'Indiscret.**

Une jeune femme à peine vêtue et à demi couchée sur un canapé retient un chat qui s'enfuit à l'approche d'un jeune homme qui apparaît derrière un rideau.

Une petite fille près des genoux de sa mère semble aussi vouloir retenir le fugitif.

H. 80 c. L. 65 c.

(Galerie Pourtalès, n° 252.)

DOLCI

(CARLO)

22 — **Saint-Philippe Néri.**

(Instituteur de la Congrégation de l'Oratoire, né à Florence en 1615, mort en 1695.)

Il est représenté dans un âge avancé vu de face, et en buste, son vêtement est noir, et sa tête couverte d'une barrette de même couleur.

H. 43 c. L. 36 c.

(Galerie Pourtalès, n° 50.)

Derrière ce tableau est une inscription tracée par Dolci lui-même indiquant qu'il commença ce portrait en 1648, le jour même de la fête du saint, qui était aussi l'anniversaire de sa naissance.

GÉRARD DOW

23 — **Le Signal.**

Une jeune femme se penche le soir à une fenêtre ouverte; elle tient une lampe d'une main, et de l'autre en cache la flamme qui éclaire vivement sa figure.

H. 19 c. L. 14 c.

DIETRICY

24 — **Bergers.**

H. 17 c. L. 13 c.

(Collection Boitelle.)

DIETRICY

25 — **Bergère et Berger.**

H. 17 c. L. 13 c.

(Collection Boitelle.)

FRAGONARD

26 — **La Fuite à dessein.**

Prince Ipsilanti ministre de Grèce

Une jeune femme vêtue de blanc s'enfuit en laissant tomber des fleurs de ses mains. Elle tourne ses regards vers un jeune homme à demi couché dans les hautes herbes et qu'elle semble vouloir attirer par sa fuite simulée.

La figure se détache sur un ciel plein de lumière.

H. 55 c. L. 46 c.

LANCRET

27 — **Le Turc amoureux.**

650 -

de Basilewski

Portrait de Lekain.

Gravé. — H. 67 c. L. 54 c.

(Collection Boitelle.)

MILET

(JEAN-FRANCISQUE)

28 — **Vue prise dans le voisinage d'une ville égyptienne.** 650 Robit

Sur la droite s'élève un tombeau dont le sommet est terminé en forme de pyramide. A gauche est une fontaine ornée d'un bassin, et, sur un plan plus reculé, on voit un édicule à jour renfermant l'image d'un bélier. Entre ces diverses constructions s'élancent des bouquets d'arbres de différentes natures éclairés par le soleil couchant; diverses figures complètent l'ensemble de cette composition.

H. 32 c. L. 47 c.

(Galerie Pourtalès, nº 177.)

MORO

(ANTOINE)

29 — **Portrait de Femme.** 6000 Narischkine

Elle est représentée debout, vue à mi-corps; d'une main elle tient un éventail, de l'autre elle ramène les plis de sa robe. galerie Pourtalès

Son costume, plein de distinction, se compose d'une robe ouverte en soie noire; le devant de son corsage est rose laqué et richement brodé d'or; la jupe de dessous est également rose. La coiffe, la fraise et les manchettes sont de riche dentelle. Une grande cordelière et des bracelets complètent sa parure.

H. 1 m. 14 c. L. 87 c.

(Galerie Pourtalès, n° 179.)

VAN OSTADE

(ADRIEN)

30 — **Intérieur villageois.**

Petit

Dans une chaumière éclairée seulement par la porte entr'ouverte, un vieux paysan et sa femme se chauffent à une cheminée. Sur le premier plan, des poules, un chat, et divers ustensiles de ménage.

Signé en bas à gauche A. V. Ostaden 1636. Le V rattaché à l'A, en monog. L'ortographe Ostaden a souvent été employée par Ostade dans sa première manière.

H. 36 c. L. 30 c.

Galerie Pommersfelden, n° 83.)

PATER

31 — **Le Repos dans la campagne.**

Vers la fin du jour, un gentilhomme est assis auprès de deux dames sur un tertre ombragé de grands arbres. Il est vêtu de rose; il tient d'une main un flacon et de l'autre un verre qu'il offre à l'une de ses compagnes; l'autre, à demi couchée derrière eux, suit la scène avec attention.

H. 25 c. L. 20 c.

2900
Du Tillet

PRUD'HON

32 — **Les Enfants aux Lapins.**

Un petit garçon et une petite fille, deux joyeux enfants, donnent à manger à un lapin qu'ils viennent de retirer de sa cabane; un autre lapin est à terre près d'eux.

Ces deux enfants sont adossés à une terrasse bordant un bâtiment d'habitation derrière lequel on aperçoit des jardins.

Gravé. — H. 65 c. L. 55 c.

2000
Haguet

RUISDAEL

(JACQUES)

33 — **Vue du château de Benthein.**

21 100
Hulot

Cette imposante construction féodale se dresse au sommet d'une montagne ; à ses pieds s'étend un bois au milieu duquel on aperçoit quelques habitations, et dans le fond, sur une hauteur, un moulin à vent. Au premier plan est un chemin sablonneux bordé de chaumières d'un aspect pittoresque.

Les rayons du soleil perçant d'épais nuages éclairent vivement les ruines du château. Plusieurs petites figures animent cette composition.

Au bas du chemin est le monogramme J. R.

H. 37 c. L. 45 c.

Ce tableau, décrit au Catalogue raisonné de Smith, volume 6, page 74, n° 233, a fait partie de la Collection Roothaam, Amsterdam, 1826, et de la Collection Van Brienen, 1865, n° 33.

RUISDAEL

(JACQUES)

34 — **Paysage.**

25 200 -
Petit

La vue de ce paysage est prise d'un endroit élevé qui permet aux regards de l'embrasser tout entier.

C'est une vaste plaine à demi-couverte de bois. Dans le fond, on aperçoit le toit d'un château, puis le clocher d'une église.

Le premier plan est une sorte de terrain vague bordé de haies et de murailles se rattachant à des bâtiments de ferme, et animé par quelques figures. Des nuages épais amoncelés au ciel laissent échapper un large rayon de soleil.

Au coin, à gauche, on lit le monogramme J. R.

H. 37 c. L. 42 c.

(Collection de Morny.)

RUISDAEL

(JACQUES)

35 — **Marine.**

C'est une pleine mer sillonnée de nombreux bâtiments; sur le premier plan, une barque de pilote est enlevée avec violence par les vagues. Au second plan, à droite, un trois-mâts au pavillon hollandais vogue à pleines voiles.

Le ciel est lumineux et les nuages sont violemment chassés par le vent.

H. 57 c. L. 49 c.

RUISDAEL

(JACQUES)

6900. Kann

36 — **Paysage Hollandais; effet d'hiver.**

Un canal glacé conduit à la ville d'Amsterdam; la neige couvre les terrains et les branches des arbres. Sur le premier plan, une chaumière en avant d'un petit bois.

H. 45 c. L. 54 c.

TENIERS

(DAVID)

7500. Emmanuel Sano

37 — **Scène familliêre.**

Dans une salle basse remplie d'ustensiles de ménage et de jardinage, un vieux barbon prend le menton d'une jeune fille occupée à écurer un chaudron.

Une vieille femme les surveille par une lucarne dont le volet est entr'ouvert.

H. 31 c. L. 49 c.

TRAUTMAN

38 — **Tête de Vieillard.** 370

H. 27 c. L. 21 c. de Heredia

VAN DE VELDE

(GUILLAUME)

39 — **Marine; Côtes de la Hollande.**

La mer, légèrement houleuse, est sillonnée de barques sous voiles; quelques-unes se dirigent vers un navire arrêté en vue d'un port qu'on aperçoit au loin sur la droite. 9300 de Tolstoï

Le ciel gris est parsemé de nuages argentés et plein de mouvement.

H. 60 c. L. 77 c.

VÉRONÈSE

(PAOLO CALIARI)

40 — **Portrait de sa Fille.**

Elle est vue presque de face, tenant de la main gauche un livre entr'ouvert et posant la main droite sur une table où se trouve assis un épagneul. 13100 Petit

Son vêtement consiste en une robe ouverte bleu-clair garni de bouffants d'épaules recouvrant un dessous rayé de bleu et de blanc. Sa chevelure est blonde et relevée ; son col est bordé d'une petite fraise plissée.

Ce tableau, qui appartenait anciennement au célèbre physicien Jean de Hautefeuille, a fait partie de la galerie d'Orléans, puis de la galerie Pourtalès sous le n° 124.

H. 1 m. 06 c. L. 80 c.

VATTEAU

(ANTOINE)

41 — **Récréation champêtre.**

Des gentilshommes et des dames sont arrêtés sur une éminence au milieu d'un paysage de montagnes. Les uns sont debout, les autres causent assis sur l'herbe ; l'un d'eux joue de la guitare. Un chien est couché près de lui. On voit au loin une vallée traversée par une rivière et que domine un vieux château.

Ce petit tableau, très-précieux, a été gravé par Favanne.

H. 15 c. L. 24 c.

(Collection de Morny, n° 114.)

WOUWERMAN

(PHILIPPE)

42 — **Scène de voyage.**

Sur un terrain sablonneux bordant une rivière et à l'abri d'un grand arbre aux feuilles légères, un cavalier en justaucorps bleu et coiffé d'un chapeau à larges bords, vient de mettre pied à terre. Il tient par la bride un cheval blanc taché de roux, qui piaffe sur le sable, un manteau rouge recouvre la selle. Près de là sont couchés deux lévriers, plus loin et tournant le dos aux spectateurs, une dame, vêtue d'une robe de soie lilas et montée sur une haquenée brune s'est arrêtée pour regarder un chasseur à l'affût dans les roseaux.

25600.
Baron James
de Rothschild

A gauche, un paysan, un bâton sur l'épaule, passe devant une femme assise au bord du chemin ayant un enfant sur ses genoux et un autre près d'elle.

Le ciel est parsemé de nuages dorés par le soleil.

H. 28 c. L. 29 c.

Décrit au supplément du catalogue raisonné de Smith, page 183, nº 124.

(Collection Van Brienen, nº 49.)

HOBBEMA

43 — **Paysage hollandais.**

H. 37 c. L. 55 c.

VAN DER NEER

44 — **Paysage ; effet du soir.**

H. 47 c. L. 71 c.

DESSINS

DESSINS

BARON

45 — **Nymphe se reposant et faisant de la musique au milieu des ruines d'un temple.** 145 de Heredia

(Aquarelle.)

BELLANGÉ

46 — **Le Chien du Régiment.** 210 Nieuwenhuys

(Aquarelle.)

HILDEBRANDT

(E.)

300 Binant

47 — **Enfants de Pêcheurs sur une plage.**

(Aquarelle.)

KEYSER

(DE)

225 Heredia

48 — **Un Savant.**

(Aquarelle.)

ROQUEPLAN

82 Megenier

49 — **La Visite du Médecin.**

(Sépia.)

ANCIENS MAITRES

50 — Quelques Dessins des anciens Maîtres.

Renou et Maulde, imprimeurs de la Compagnie des Commissaires-Priseurs, rue de Rivoli, 144. 10808

Total 311 740

www.ingramcontent.com/pod-product-compliance
Ingram Content Group UK Ltd.
Pitfield, Milton Keynes, MK11 3LW, UK
UKHW020217180726
13838UKWH00005B/2048